龙骑士

DRAGON KNIGHT

（08）

追寻狼堡迷踪

［奥地利］托马斯·布热齐纳 著
刘 浏 译

北京联合出版公司
Beijing United Publishing Co.,Ltd.

图书在版编目（CIP）数据

追寻狼堡迷踪 / （奥）托马斯·布热齐纳著；
刘浏译. -- 北京 ：北京联合出版公司，2016.6
（龙骑士）
ISBN 978-7-5502-7869-1

Ⅰ. ①追… Ⅱ. ①托… ②刘… Ⅲ. ①儿童文学－长
篇小说－奥地利－现代 Ⅳ. ①I521.84

中国版本图书馆CIP数据核字(2016)第128183号

著作权合同登记图字01－2016－2865
Die dunkle Kraft des Silberpfeils (Vol. 8) by Thomas Brezina

追寻狼堡迷踪　（龙骑士08）
作　　者：［奥地利］托马斯·布热齐纳
译　　者：刘　浏
责任编辑：孙志文
选题策划：李　萍 liping314@126.com
特约编辑：廖　坠
封面设计：wendy
版式设计：杨　芬
插图绘制：蔡成恩

北京联合出版公司出版
（北京市西城区德外大街83号楼9层　100088）
小森印刷（北京）有限公司印刷　新华书店经销
字数：50千字　870毫米×1280毫米　1/32　印张：5.5
2016年7月第1版　2016年7月第1次印刷
ISBN：978-7-5502-7869-1
定价：22.00元

欢迎来到伦多世界！

我是一个普通的孩子，

经常被同学欺负，生活琐碎无聊。

一次奇遇，

改变了我的人生……

现实世界的莱奥、拉娜和齐普

▶ 关键词：钢笔

这是爷爷赠送的绿色旧钢笔，外表看起来和普通的钢笔没什么不一样！

莱奥

我叫莱奥，是个普通的小学男生，性格有点儿孤僻，没有朋友。在学校里，我常被同学欺负，回到家里还要被严厉的爸爸训斥，被狡猾的哥哥针对，有时候真觉得生活了无生趣！有一天，我见到了爷爷，他送给我几件宝物，从此……

拉娜

我是拉娜，性格开朗，爱打抱不平，还喜欢给身边的男孩子打分。面对校园里各种不良的暴力行为，我又能做什么呢，我只是一个弱小的女生啊！和莱奥做朋友真开心，其实我早就注意到他有很多优点，只是他自己还不知道！

齐普

嗨！我叫齐普，曾经做过校园小霸王布鲁图斯的帮凶。我根本就不想欺负人，只是因为害怕被他欺负才假装追随他罢了！其实我最怕的人是希尔达婶婶，她凶起来会要了我的命！成为龙骑士以后，我终于和布鲁图斯说再见了！

◀ 关键词：腰带

金属搭扣的腰带，龙骑士的必要装备，形状像两只龙爪交握在一起。一旦将龙爪分开，就会发生奇迹！

伦多世界的莱奥、拉娜和齐普

▼ 拔下笔帽，神奇的钢笔瞬间变成龙剑！

拉娜

自从和莱奥、齐普成为好朋友，加入了龙骑士，我的生活从此改变了！我要和他们并肩作战，捍卫伦多世界的和平！

腰带一共有三根，分别带有金黄色搭扣、深铜色搭扣和蓝色搭扣，通过它们之间的龙眼可以看到伦多世界里发生的一切。▶

莱奥

很快，拉娜和齐普成了我的朋友！我们一起对抗伦多世界里可怕的魔王和恶霸，锄强扶弱，捍卫和平。龙剑帮助我找到解决问题的方法，使我在伦多世界里变得越来越强大。而在现实世界中，我也得到了成长！

Chip，

就是炸薯片，

跟我的名字一样。

我每时每刻都离不了它，

哪怕是最危险的时候，

也不会忘记再来一片。

腰带搭扣一打开就会变成护身的铠甲。和龙剑一样金光闪闪，由一块块鳞甲组成。穿着它身体依然活动自如，而且防御能力很强。

齐普

大概是我平时锻炼不够吧，我鼓囊囊的小肚子成了累赘，紧身的铠甲穿在身上勒得我肉都痛了！可是莱奥说，铠甲可以保护我的身体不受伤害，并不是什么漂亮拉风的炫耀资本。话虽如此，可我还是要减肥！在减肥之前，我先吃片薯片！

变形龙约克

等等，大家别忘了我！我在龙骑士组织里可是个不可或缺的人物哦！我叫约克，是一条变形龙，既可以变形，又可以变色，经常载着龙骑士们飞来飞去。他们在我背上会觉得很刺激，因为我最喜欢制造点儿新花样开他们的玩笑，哈哈哈！

本集主要出场人物

狼王

狼王家族的首领，强硬、有正义感，但是已进入古稀之年，一副病快快的样子，曾经黝黑的毛现在已经没了光泽，稀稀疏疏的。一夜之间，白发苍苍，都是为了儿子和整个狼堡……

奥洛夫

一位远近闻名的铁匠，高大威猛，双手大得像炭铲，在哪里都很抢眼。他铸的剑不仅是一把武器，还是一件很精美的装饰品。在一个夜深人静的夜里，他为一个陌生人锻造了七支银箭，从此改变了一个王族的命运……

苏尔丹

狼王的长子，心胸狭隘的卑鄙小人，嫉妒父亲狼王对二弟的宠爱，不惜一切代价要除掉它的父亲和弟弟。最后，它的野心没有得逞，反而被狼王家族永世驱逐……

毒蜘蛛

心狠手辣的魔法师。在被狼王的银箭射中之后，变形为毒蜘蛛。但是他不思悔改，一心复仇，发誓要剿灭狼堡里的所有人……

伦多地图
白湖
红荒漠
阿亭加特村庄
原始森
地狱城堡废墟
星星湖

臭臭树林
化石城堡
魔鬼山
N
W
E
S
迪亚博伦城
螺旋塔楼
石头沙漠
黑山谷
巫师居所
水晶山
生命钟塔楼
恋人湖
末探索的
危险之地
狼堡
塔玛尼娅宫
灰沼地

DRAGON KNIGHT 龙骑士

武器介绍

本书中所有问题的答案均已加密，只有使用随书附赠的龙剑才能解读出答案。

赶快熟悉一下你的奇幻之旅装备——龙剑。

功能1 · 龙剑宝石

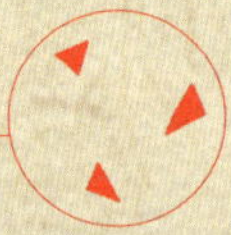

试试看，如果位置放对了，剑尖就会指向答案！

把龙剑放在书中有三角宝石的图案上，然后，转动龙剑，调整好角度，让插图上的宝石能够嵌入龙剑上缺失的部分。此时，龙剑尖所指的方向，就是答案！

提醒你一下：有宝石的地方就会有重要的线索！

功能2 · 龙眼

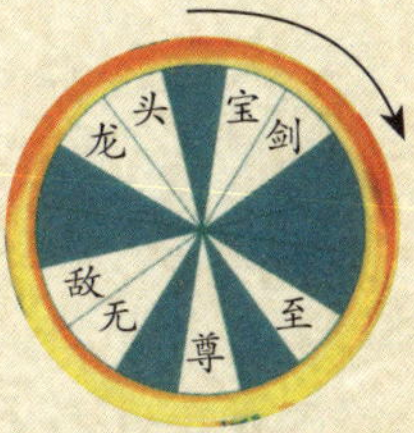

“龙头宝剑至尊无敌”

龙眼能看穿一切，它能给你最清晰的提示。将龙剑上的龙眼平放到书中的圆形图案上，转动它，并时刻观察圆盘。当圆盘上出现的文字组成一句话时，那就是你所需要的答案。

开始你的龙骑士大冒险吧！

亮剑吧！
做最勇敢的龙骑士！

计分标准

20~25点　龙骑士

16~19点　见习龙骑士

11~15点　后备龙骑士

1~10点　需要努力，力量还不够

0点　太遗憾了！你一点儿力气都没有，没有参加冒险的资格。

力气点统计表

	分　值
第1场冒险	
第2场冒险	
第3场冒险	
第4场冒险	
第5场冒险	
第6场冒险	
第7场冒险	
第8场冒险	
第9场冒险	
总　分	

通过本集9场冒险，你成功成为龙骑士了吗?

龙骑士 DRAGON KNIGHT

目录

CONTENTS

龙骑士招募令

无恶不作的魔法师被七支神奇的银箭制伏，狼堡随即恢复平静。

但是恶魔不甘屈服，再次卷土重来，狼堡顿时危机四伏。内忧外患使这座神奇城堡即将毁于蓄谋已久的阴谋之中……

在这危急时刻，龙骑士得到召唤，还犹豫什么，快拿起你的龙剑，为正义而战吧！

银 箭

他的名字叫奥洛夫，高大威猛得连一扇普通的门他也要侧着身子才能通过，双手大得像炭铲，结实的肩膀可以扛起一根房梁。当奥洛夫站在阳光下，他的影子足以挡住四个普通人，他无论在哪里都很抢眼。

认识他的人都不会忘记，奥洛夫是如何徒手将一根粗钢棍扭成一个圈的，正如没有人理解这个力大无穷的汉子为什么会养三只鲜红小嘴的小燕雀作为家禽。

每天早上和晚上，他都将巨大的手伸进笼子里，吹起口哨，燕雀们纷纷飞到他的手指上，而他则用他那粗大的食指温柔地抚摸它们。

奥洛夫不仅长得让人难忘，更主要的是，他是一名杰出的铁匠。经他打过的马掌很耐用。他铸的剑不仅是一把武器，还是一件精美的装饰品。

但奥洛夫有一个无人知晓的秘密，他把它一直藏在心里。

九年前，他的妻子艾莎身患重病，周边的医生都束手无策，要不是那天夜里来了一个不速之客，她就死了。

奥洛夫永远忘不了他的模样：那个人一身黑色打扮。黑皮靴、黑裤子、黑马甲和黑宽檐帽。帽檐挡住了脸，只能看到一张银色的面具、又深又黑的眼窝、又长又尖的鼻子，一条纱巾蒙住了嘴巴和下巴。

陌生人没有做自我介绍，而是将一只小布袋举到奥洛夫的面前。他的手上戴着一副银丝编织的精致手套。

“这是你妻子需要的药。”陌生人神秘地说道。

“我愿意付钱。”奥洛夫说着伸手去拿小布袋。

但陌生人立刻将小布袋收了回来，藏在身后。

“慢着，等你铸成七支银箭之后，你才能得到它！”说着，他把一团奇形怪状的黑东西递给了奥洛夫。

“七支银箭？”奥洛夫有些疑惑。

“是，七支银箭。你没有选择，不答应你的妻子就会死。”那个陌生人说道。

奥洛夫二话不说，拿起银块，钻进了他的铁匠铺。陌生人在黑暗中耐心地等待着。

对于奥洛夫这样一名铁匠来说，铸造七支箭不是什么大问题。但他奇怪陌生人需要这些银箭做什么呢？银子是一种软金属，不适合用来做箭啊。

当奥洛夫锻造完毕，将银箭拿给那个人时，月亮正缓缓地落向群山。银子没有用完，还剩下了一小块儿。

陌生人仔细端详着银箭，很满意。

“剩下的银子你留着，好好保管。”他说道，“我还会再来，那时你再用它为我铸一支银箭。”

说完，陌生人就将装了药的小袋子递给了奥洛夫。奥洛夫打开袋子，发现里面是一种发黄的粉末，味道像晒干的兽皮。

“在粉末中掺点儿水，给你的妻子喝。”陌生人说完就消失在晨曦中。

他没有食言，那些药让奥洛夫的妻子在一天之内就康复了。

从那时起，那块银子就一直放在铁匠铺里一只满是烟尘的旧橱柜里。每当奥洛夫取工具时，就会看见这块银子，想起那个神秘的陌生人。

陌生人再也没有出现，奥洛夫也慢慢地把他遗忘了。

可是，九年后的一天夜里，突然有一个人来敲铁匠铺的门，奥洛夫马上猜出是谁来了。

外面站着的那个黑衣人，穿着打扮和当年一样。只是面具不同了，眼窝变小了，鼻子变长了，蒙着嘴巴的不再是一块纱布，而是一挂细密的链帘。

那个人讲话很慢，声音嘶哑。他在面具后面呼哧呼哧地喘着气，言语间夹杂着一股邪气。

“你欠我一点儿东西。”他不打招呼就直接说道，“我今天晚上要带走。”奥洛夫一听他说话就顿生疑惑。他变化太大了，九年前，他不是这样蛮横的，当时的善良友好这次完全消失了。

“快去！”那人叱责道。

奥洛夫在犹豫，他不敢确定这个人就是九年前那个人，于是他决定装作什么都不知道，问道：

“您是什么意思？”

“我指的是第八支银箭。”陌生人厉声说道，

“这你很清楚，快按原来的样子把银箭打出来。否则我会让你的妻子再次病倒！”

“不！”奥洛夫立即从橱柜里取出银块，并给锻炉预热。

没过多久，银箭就打好了，陌生人拿起还很烫的银箭，满意地抚摸着，没有道谢就走了。

奥洛夫从来都是天不怕地不怕的样子，可是现在他呼吸急促。他知道跟他讲话的不是九年前的那个人，而是另一个人。可是这个人知道银块的事，奥洛夫除了完成他的要求，别无他法。

在熔化和铸造银子时他感觉到了藏在这块金属里的秘密力量。它散发出一种绿宝石色的微光，当他交出箭时，箭头上方划过一道火花。

这支箭里究竟隐藏着什么秘密？奥洛夫觉得这里面凶多吉少。

艰难决定

莱奥的房间门被打开了，他吓了一跳，把正在擦拭的绿钢笔也掉进了冰淇淋碗里。他的哥哥探出头来，扬起眉毛冲他冷笑。

“你就不懂敲门吗？”莱奥说道。

卡斯滕耸耸肩：“不知道这个规矩，从来没尝试过。”

这是典型的卡斯滕。

“父亲找你有事！最好不要让他等太久，他在房间等你。”卡斯滕说话的腔调就像正吃着巧克力冰淇淋，看到弟弟浑身一哆嗦，他就特别开心。

“你又吃甜食了吧，小家伙！”他讥讽道。

“别烦我！”莱奥转身走了，表面上若无其事，可实际正好相反。他感觉自己心跳加快，他这样心虚是有原因的。

“快去吧，难道你要我去告诉父亲你没兴趣跟他说话吗？我敢肯定，他一定很高兴。”卡斯滕的嘴咧得更大了。

“走开！”莱奥迅速收起钢笔，双手推开卡斯滕，随手关上房门，走向走廊尽头那间父亲的工作室。他感觉到卡斯滕在背后投来幸灾乐祸的目光。当他转过身时，他的哥哥甚至大笑起来。莱奥真想揍他一顿，可是卡斯滕比他强壮，另外莱奥也不喜欢打架。

“父亲找你有事……”这句话让莱奥听起来很

不妙。

波路克斯先生是个闷闷不乐、悲观失望、愤世嫉俗的人。莱奥知道：爷爷多年前曾经将龙剑和三根能变成铠甲的腰带交给父亲。但父亲没有完成任务，被德拉吉魔王打败了。是爷爷插手干预，在千钧一发之际救了父亲。

可是，从那时起，波路克斯先生就再也没有笑过。他面色灰暗，就像他的生活一样。波路克斯先生也禁止莱奥和爷爷见面，他不想让莱奥知道自己那段耻辱的往事，也不想让两个儿子成为龙骑士。

可事与愿违。莱奥在一家养老院里遇见了爷爷，从爷爷那里接受了龙剑和龙爪腰带。从此，他的生活也彻底改变了。

爷爷再三叮嘱莱奥，千万别让父亲看到龙剑或腰带。莱奥将这些东西藏得很好。可是，由于他的疏忽，波路克斯先生还是发现了，并从莱奥那里拿走了。他将龙剑和腰带锁在一个金属盒里，打算以后毁掉它们。

莱奥偷偷取回了龙剑和腰带，这是瞒不过父亲的。他对莱奥说以后再找他算账。

他会最终同意莱奥继续做龙骑士吗？还是说他想拿回龙剑和腰带销毁呢？

当莱奥站在父亲的房门外时，他深吸了一口气，抬手准备敲门。

他弯曲的手势在空中停住了，他的衬衫口袋里有什么东西在动。他将手伸进去，掏出绿钢笔。笔帽上的龙头嘴唇轻微蠕动着。莱奥将钢笔举到耳畔，听到龙头说道："快去伦多世界！情况紧急！"

莱奥该怎么办？他在进行激烈的思想斗争。门后等着他的是他的父亲和一场他已经害怕了很久的谈话。另一边是他只需用龙剑划几下就能到达的需要他的伦多世界。

他犹豫了一会儿，然后跑回房间，关上门。

他摘下笔帽，当龙剑完全被释放开时，一道金光照射在他的脸上。

要进入另一个世界并不难，只需要用龙剑在空中切割出一扇门。

奇迹发生：他面前的墙壁好像是一张薄薄的墙纸，慢慢折下来；他堆满课本的写字台忽然不见了，透过方形的洞望过去，是一片波光粼粼的湖泊，岸边有芦苇轻轻摇曳。

莱奥一步跨过，顿时感觉暖风拂面，湖水的清新气息扑面而来。

他回首望去，远方地平线上绵延着一片发黄的丘陵。刚才切开的门还在，门对面就是他的房间。不一会儿，那扇薄薄的门慢慢收拢起来，与周围的风景融合在一起。

变形龙约克就蹲在离莱奥几步之外，正扒开几根弯曲的芦秆窥探着什么。

莱奥蹑手蹑脚地走向他的朋友，轻轻拍了它一下。约克惊慌地扑扇着巨大的翅膀，一下子把莱奥推进了芦苇丛生的泥水里。

“真要谢谢你。”莱奥一边往岸上爬，一边阴沉着脸嘟囔说。

约克难为情地用爪子捂住嘴巴，看上去像一个犯了错被当场抓住的小男孩儿。

“你在干什么？”莱奥问道。

“没什么。”约克迅速说道，并急忙挡住刚才扒开的芦苇丛。它原本是不想让莱奥看到某些东西，但这举动反而让莱奥更好奇了。

“让开！”莱奥说着从约克身边挤了过去。紧接着他咧开嘴大笑起来，嘲讽地瞟了约克一眼。

“哎呀，忘了你已经坠入爱河了。它就是你暗恋的那个妮丽吗？”

约克顿时脸红到脖子根了。这回不是它主动变色的，身为变形龙它虽然能变成所有颜色，可这次是因为它不好意思了。

几米远的地方有一条银光闪闪的雌龙正在湖里洗澡，它比约克小，比约克柔弱。那条雌龙有一双明亮的大眼睛，长长的睫毛是莱奥从来没有见过的。

“它是不是答应你了？你现在都已经能够吐火了。”

约克转过身去，试图避而不答：“哎呀……不是……不……全是！”

“你连主动跟她讲话都不敢，对不对？”莱奥从约克的表情看出自己断定的是真的。

“鼓起勇气吧，伙计！”莱奥鼓励地冲着约克眨了眨眼睛。

约克想方设法转移了这个尴尬的话题，说道：“我认为偷看女孩儿洗澡是不道德的。我们还是走吧，快点儿上来吧！”

莱奥真想放声大笑，可他控制住了。他一坐上约克的背，约克就蹿上天空了。约克是莱奥最好的朋友，是他在伦多世界里最忠诚的伙伴。

“龙剑呼唤我了。这里有事要我处理。”莱奥透过呼呼的风声对着约克的耳朵叫道。

“我知道，有人想找你聊聊。”约克对他说道，“我送你去。”

“去哪里？”

“去狼堡！”

狼　堡

莱奥从来没有听说过狼堡，想多了解一些。可约克无法回答，因为它的面前聚积着浓重的铅灰色云团。为了避开闪电和冰雹，它飞得比它们更高，费了更大力气。

莱奥趴在龙背上，缩着身体，下巴紧贴在约克粗糙的脖子上。风很大，约克眯着眼睛看着周围，只见下面乌云滚滚，闪电就像蜘蛛网似的向四面八方扩散。

“我们很快就要降落了。”约克喊道。

莱奥抓紧约克肩膀上的两根尖角，屏住呼吸。他了解约克，知道他又要搞什么恶作剧了。

约克向大地俯冲而去，为了减少阻力，它将长长的翅膀贴在身体上。

莱奥吓得拼命叫喊，约克在快要接近地面的时候张开翅膀，像一顶降落伞一样减缓了他们下落的速度。于是，约克以优美的姿态滑翔了一会儿，降落在一块干燥的草坪上，得意地发出一声“吁——”。

而莱奥则上气不接下气地从约克的背上滚落下来，并用一只胳膊扶着它的身体。

“你挺高兴的啊。”莱奥嘀咕道。

“是挺高兴的呀。”约克抖了一下翅膀说道，一点儿没有听出莱奥是一种挖苦的口吻。

这时，莱奥才注意到约克把他带到哪里了。

他激动地“噢”了一声。

“瞧！多酷的山头啊！”约克感叹道。

狼堡果然名副其实，它坐落在一座巨大山崖的圆顶上，形状很像一只引颈长啸的狼头。

狼嘴就是入口，武士们骑着马进进出出。狼头上的两只尖耳朵是塔楼，铜色的眼睛是彩色玻璃建成的圆窗。

“狼王住在这里。”约克解释说，它的口气好像狼王是个尽人皆知的人物似的。

“狼王？它是谁？”莱奥问道。

“你马上就会认识它。因为它想找你聊聊。”

“它为什么要找我呢？”

约克摇摇头。“我不经常来这里。这不是我喜欢的地方，我喜欢的地方，”它长叹了一声，“离这里还很远。”

“唉，坠入爱河喽。”莱奥叹息道。

“不是这样的。”约克立即大发雷霆。

“哎哟！你的眼睛里都喷出爱火喽！”莱奥讥讽道。

约克受不了啦，发怒地说道：“跟你没关系！”于是一脚蹬离地面，从山崖上滑进山谷。

“嗨，我怎么办？”莱奥在它的身后叫道，“你不能就这样把我扔在这里。”

约克仰面朝天，根本不理他。

莱奥摇摇头，转向城堡大门。他是就这样走进去打听这个狼王呢？还是等弄清情况再去呢？

你说莱奥该怎么做呢？决定正确你会得到2点力气。

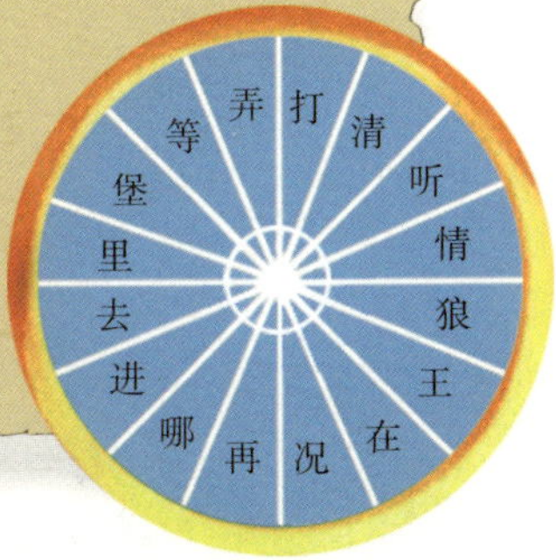

在距离狼堡三小时路程的地方有一片森林，森林中长满巨蕨和刺秆。如果有人穿过那座茂盛的灌木丛，就一定会撞见一尊巨大的长满苔藓的雕像。

那个侧躺在地上的石头人好像正在睡觉似的，头颅有大象那么大，闭着眼睛，两腮鼓鼓的，嘴唇紧闭，好像害怕漏气似的。

石头人支离破碎的躯体上爬满了青藤绿蔓，看上去像一条瘦瘦的绿蛇缠绕着石头人胖胖的手、胖胖的脚、圆滚滚的肚皮和臃肿的胳膊。

伦多世界里几乎没有谁会忘记这尊石像，以及它差点儿毁掉伦多世界的恐怖灾难。

这座石像是由七位魔法师修建而成的。但他们的魔力没有用来造福百姓，而是用来为非作歹、惹是生非。

他们给这尊大理石像施了可怕的魔咒，使数千人死于非命。

在一个漆黑的新月之夜，他们包围了这尊比最

高的树还要高的石像。每个魔法师身上都有一块木片，木片是从一只绞架上砍下来的，上面涂有三色蛇的毒液。他们用木片做召神的动作，好像那块木片是魔棒似的，当晃得刺眼的火星从木片尖上蹿出时，他们发出胜利的欢呼。火星从一根木棒传到另一根木棒，跳跃的速度越来越快，直到连成一个圆环。圆环缓缓上移，像一件有弹性的衣服紧紧地裹住石像，圆环碰到哪个地方，哪个地方的石头就有了生命。

最后，黄色毒圆环到达石像的头顶，在那里凝聚成一个球形闪电。

巨型石像变成一个大腹便便的巨人，双手撑着膝盖。当黄色的光从他的头顶掠过时，石头里传来吱吱的响声。

仓库门那么大的眼睛睁开了，里面是透明眼球，眼膜是硫黄色的，瞳孔缩成了两个豆大的黑点。

魔法师们开始为胜利欢呼了，他们知道接下来会发生的事情，也知道石像地狱般的力量，这尊石像是他们自己创造的，他们将自身的黑暗力量聚集在石像里。

魔法师们全神贯注于他们的邪恶作品，没有发觉有一个黑影已经观察他们好久了。一张弓被拉起，一支银箭被搭在弦上。这支箭和另外六支一起被迅速地射了出去。

每支箭都击中了目标。每支箭都完成了任务，它们就是为了这个任务被铸造出来的。

石像“轰”的一声碎了，碎片落在地上，大地也随之震动。头颅率先落地，巨大的眼皮合上了，硫黄色的眼睛慢慢被隐藏起来。

七位魔法师全都中箭了。他们伸手抓住箭，想拔出来，但是银箭在他们的手里像蜡一样化了，滴到地面，像水似的渗进地里。

没有一位魔法师的伤是致命的。每个人的伤口都在数秒钟后愈合了。尽管如此，那些箭对他们的影响还是他们永远无法摆脱的。

从此，再也没有人见过这些魔法师中的任何一位。

在狼堡里

莱奥在那里站了一会儿，观察狼堡门口的活动。他觉得狼堡很奇怪，因为他从来没有见过这个样子的城堡。

他慢慢走进去。

山崖的岩壁几乎是垂直向下的，城堡坐落在山顶。在约克飞下去的那边，莱奥可以看到一条在岩石上修建的狭窄小道。有几个长衣飘飘、戴着又长又尖头盔的骑士从小道上飞奔而来，好像有魔鬼在后面追他们似的，卷起浓浓的灰尘。

当骑士们到达山崖平坦的圆顶、穿过张开的狼嘴驰骋时，马蹄踩得地面踢踏作响。

莱奥在离形状古怪的大门三十步的地方停下来，头歪向一侧。他觉得狼堡非同一般，犹豫着是进去，还是继续等待。

是什么让莱奥感觉震惊？找到答案，你就得到2点力气，否则就失去2点力气。

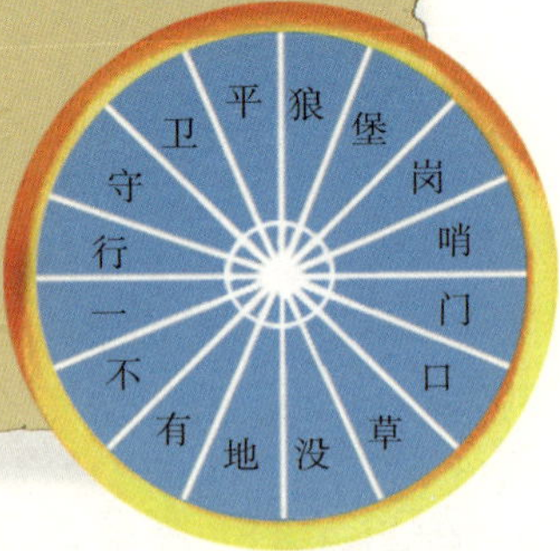

莱奥深吸一口气，向大门走去。到达门口后，他激动地抬头仰望这座庞大的“狼口”。

莱奥感觉头顶上传来叮叮当当的声音。他看到狼门的上方有一个铁笼子直落下来，一旦落下，就会将他关在里面。他举起龙剑，横在胸前。

叮叮当当的声音停止了，铁笼在他的头顶上方停住了。

莱奥突然发现只剩下他一个人了。一部分骑士站在门外，他们的战马烦躁不安地踢着蹄子，另有一些人已经通过狼门，进入院子了。一个沙哑的声音从里面喊道：“让他进来，我在等他呢。”

忽然又响起了叮叮当当的声音。大门笨拙地升了上去。

莱奥走进城堡大院，大院上方是敞开的。跨在马上的骑士们透过头盔的细缝疑惑地打量着他。

令莱奥十分吃惊的是头盔的形状。为什么这些头盔无论是向上还是向前都是越来越尖呢？

莱奥回头张望，发现整座城堡都是岩石开凿出来的。城墙上还有一些部分尚未磨平，露出粗糙且不规则的岩石表面。

“带他到骑士厅来。”从高处传来一个声音，莱奥先前听到过这个沙哑声音。在这里喊叫的人无疑已经习惯了发号施令，一听就听出来了。

一名骑士默默地走到莱奥身旁，指着一个椭圆形的墙洞，洞里有笔直地通到上面的台阶，每个台阶大小不一，通往一道足足有两人高的大门。门洞没有木头门翼，而是用粗线缝制的两片牛皮门帘，从上面一直落到地面。

莱奥站在门外等着。直觉告诉他，等待是上策。

“他在哪儿？”一个疲倦而深沉的声音从厅里传来，听起来很遥远。

骑士指着牛皮门帘之间的缝隙，拉开一半。莱奥侧身穿过去，猛地停下了脚步。

狼 王

莱奥的面前是一座大厅，大厅和大门一样高，而且很宽敞，以至于站在尽头的人显得很渺小。墙壁上每隔两步的距离就会有一个小孔，里面有熊熊燃烧的火炬。日光从岩壁上的窄缝照射下来，与红红的灯光交织在一起，在地面投下斑斓的光影。

“走近些，龙骑士。”一个疲倦的声音说道。莱奥看到大厅的尽头有一个样子很疲倦的人，坐在一张做工粗糙的宝座上。一只灰突突的手示意他赶紧过去。

宝座旁边站着两名莱奥先前见过的骑士。

宝座上那人的脑袋一直藏在高高的立领后面。

莱奥犹豫地穿过似乎没有尽头的大厅，再三警告自己：挺起胸，昂起头。他表面上一副天不怕地不怕的样子，可心里害怕极了，恨不得赶快逃走。

他停在宝座前五步远的地方，看到那个高靠背宝座是用已经被风化的灰木制成的，上面满是裂缝和蛀痕。

宝座上的那个人垂头丧气、哼哼唧唧，有气无力地从衣领后面伸出头来。

莱奥吃惊地睁大眼睛，险些后退两步。

一匹苍老的狼用一双水汪汪的眼睛望着他，眼圈发红，一副病怏怏的样子，想必它也曾经拥有黝黑的毛发，只是现在已经没了光泽，稀稀疏疏的。

“我是狼王。”那匹狼自我介绍说，然后指着

它右侧的小个子，小个子见状立刻摘下头盔，露出一张狼的面孔，明亮的铜色眼睛正炯炯有神地望着莱奥。

“我的小儿子迪德利克。”狼王说道，然后转向另一名骑士。从他的表情可以清楚地看出，每动一下它就会疼痛难忍：“这是我的长子苏尔丹。”

莱奥看到一双淡绿色的眼睛瞪着他。如果这个目光能够像拳头一样击中他，那么莱奥早就被抛出大厅了。

“龙骑士，我认识你爷爷，他是一位高贵的骑士。”狼王每说一句都会停顿一下，呼哧呼哧地喘息着，“我请你来，是因为我想找人帮忙。”

“父王！”苏尔丹不太情愿地向父亲一鞠躬，“父王，没有这个必要。我们不需要人类。”

狼王用一个威严的手势示意它的长子住口。苏尔丹退了回去，恼怒地盯着地面。

苏尔丹对莱奥的明显敌意、父子之间的冲突让莱奥感到很诧异。他的脑海里掠过一个念头，这里一定有不可告人的秘密，或许会对自己构成危险。可狼王继续说道：

“我的二儿子朗多，在上一个满月之夜失踪了。它和它的兄弟们跟随我多年，领军征战，抵御强盗，保护我们的王国。我非常信赖朗多。”

苏尔丹有些愤愤不平，昂起头说：“父王，我也没让您失望过。”

狼王似乎根本不听它的：“朗多的失踪对我们大家来说都是一个谜。我们到处找它，都是徒劳，它一定是被绑架了。可至今还没有人向我们提出过任何条件。我祈求它还活着。”

迪德利克窘迫地盯着这个人类。它到现在都一声没吭，此时却张开嘴巴想说些什么。

它的父亲发现迪德利克想要说什么，便立即不耐烦地摆了摆手。迪德利克见状闭上了嘴，低头盯着自己的脚。

“这一刻，我们面临着最大的灾害，只有朗多能保护我们。”狼王从它的外衣下面摸出八个灰白两色的骰子，将它们拿在手心里摇。它使劲地抛起骰子，莱奥真没想到它有这么大的力气，狼王盯着骰子，当骰子落到地面滚开时，它激动地查看着。

狼王发出了一声绝望、懦弱的叹息，然后瘫在了宝座上。

莱奥发现骰子朝上的一面有黑色符号。

“既然龙骑士这么智勇双全，”苏尔丹脱口而出，“他应该向我们解释一下这些骰子说明了什么。”苏尔丹讲“智勇双全”这个词时简直是啐出来的。

狼王眯着眼瞪着儿子，然后转向莱奥，命令道：“解释吧！”它低声补充道，“不要让我失望，就像你的爷爷从未让我失望过一样。”

莱奥困惑地望着上面的符号。他应该怎么解释呢？他可不是预言家！

莱奥的龙剑在轻轻地跳动。剑身上的宝石熠熠生辉，只有他能看得见。龙剑这样做是想对他说，它能帮助他。

骰子上的图形有：一轮半月、大半个月亮、满月、剑、狼堡、火山、毒药、逃跑。

看43页的图，分析骰子的指示。分析正确的话，就能得到4点力气。

重 担

龙剑先是用剑尖指着三个骰子，一个上面是半月，一个上面是大半个月亮，一个上面是满月，然后指着有骷髅头的瓶子、火山和长剑。

莱奥紧张地思考这些符号是想告诉他什么。

一轮半月，大半个月亮和满月。从半月到满月不是需要差不多七天时间吗？

“一周之后……”他迟疑着开口说道。

从狼王的表情看不出这是否正确。

“一周之后……”莱奥重复道。

“对对，然后呢？”狼王示意莱奥快点儿。

莱奥觉得有点儿希望。这是一个良好的开端。

“一周之后……”为了赢得时间，他又说了一遍。

苏尔丹跺着脚说：“他在愚弄我们，父王。您感觉不到吗？”

狼王恫吓地站起来，嘴里露出黄色的獠牙。

“……将会有灾难降临，有毒——剧毒，猛如火山，险如刀剑……”莱奥盯着下一个骰子，它显示的是奔跑的脚，这是什么意思呢？危险——它会让狼骑士两腿发软？或者逃避？还是有人可能要来攻打狼堡？

有了！“……灾难即将降临狼堡！”他解释完毕，战战兢兢地抬起头，望着狼王水汪汪的眼睛。

狼王沉默不语。苏尔丹转过身去，从一道岩缝盯着外面，迪德利克则匆匆瞥了莱奥一眼，腼腆地微笑着。

“你没有让我失望。”狼王终于讲出了这些救命的话，“这些骰子告诉我们，一周后将会有灾难降临，毒似蛇蝎，猛如火山，险如刀剑……”

“我让手下修建狼堡，以抵御侵害。”苏尔丹恼怒地说道。

狼王轻蔑地扫了它一眼。“狼堡！能起什么作用？太可笑了。”于是，它指着莱奥，“我想要你在这里帮助我们，龙骑士。你必须帮助我们抵御侵害。”

莱奥感觉好像有人正在把一袋水泥放在他的肩膀上。他扛得起吗？

“狼王，”他低下头说道，“我愿意尽我最大的努力。但我现在必须返回我的世界去，不过我一定会回来，请您相信我，也请您理解我。”

“你可以走，但我希望你明天就能回来。”狼王疲倦地说。

莱奥道谢辞别。

当他离开时，苏尔丹看都不看他一眼。只有迪德利克跟在莱奥的身后跑来，在牛皮门帘后面赶上了他，轻轻地抓住他的胳膊。

“龙骑士，别生我哥哥的气。”它请求地说道，“它是一个优秀的骑士，只是口无遮拦。”

“OK。”莱奥说道。

“OK？”迪德利克重复这个词，就像一个人在嘴里品味一颗他从来没有吃过的果子一样。

“可以，没问题。”莱奥解释说，“你能不能告诉我，有什么样的人会绑架你的兄弟朗多？”

“我也不太清楚。”迪德利克叹息道。

莱奥看到剑上的龙头焦急地冲他眨着眼睛，催

促自己赶快回家。

“我得出发了，明天我们还会再见。”莱奥保证道。

迪德利克点点头，当莱奥再次向它转过身来时，它比原来更矮小了。

为了不让别人看到他如何打开返回现实世界的大门，莱奥往一条黑暗的小巷里走了几步。在他确定没有人观察他之后，就用龙剑划出了一个狭窄的洞，于是推开了纸一样薄的门。门后就是他的房间，就像他刚才离开时一样。

“莱奥，快开门！”父亲在外面正不耐烦地敲着门。父亲亲自来找他了。

为了让门更快地闭合，莱奥伸手弄起来，慢慢地它同房间融为一体了。

“你在里面做什么？”波路克斯先生不耐烦地喊道。

莱奥一步跳到门口，发现自己还穿着铠甲，拿着龙剑，于是立刻将两者变回腰带和钢笔，他赶紧转动钥匙，打开门。他试图掩饰自己的慌张，用手撸了撸纷乱的短发，咧嘴笑笑。

“卡斯滕没有通知你我要找你吗？”父亲严厉地打量着他。

“他……通知了……”莱奥认为诚实点儿会更好。不然父亲又会叫卡斯滕，到时候会更糟。

“你为什么没来？”

“因为……因为……”莱奥急切寻找一个能够安慰父亲的可信借口。

“尊贵的少侠，废话少说。”一个他觉得很熟悉的声音在他的背后说道。莱奥转过身，看到迪德利克站在他从伦多世界过来的那个洞口位置。

波路克斯先生推开莱奥，他吃了一惊，眉毛几乎要碰到发根了。

“这，是，谁？”他一字一顿地问道。

迪德利克深深地鞠了一躬，礼貌地说：“我叫迪德利克。”

父亲抓住儿子的衣袖，将他拉到走廊上：“这是怎么回事？”

莱奥的眼睛一亮：“它是我的同学。”

“你同学？他可比你矮两头呢！”波路克斯先生怀疑地说道。

“它是班上最矮的，我们两个在新戏剧小组表演。我们正在排练，它……它在跟我对台词。”

“他为什么顶着一颗狼头？”

“那是面具。”莱奥赶紧撒谎说，心里暗暗祈祷父亲千万不要有让迪德利克摘下面具的主意。他俯到父亲的耳朵旁，耳语说：“迪德利克对演戏始终要求完美。它想什么都做到最好。大概是它的身高让它有了这种想法吧。”

波路克斯先生虽然还是有点儿怀疑，但又似乎相信了这个故事。

“你们继续排练。”他说道，并叹了口气，“排练完后我想跟你谈谈，商量一件事。”

莱奥点点头，他觉得又一个重担压在了自己的肩上。

父亲一离开房间，他就转向迪德利克，愤怒地呵斥道：“你为什么这么做？你为什么跟踪我？”

迪德利克在它的父亲面前是那么安静羞涩，这会儿就露出本来面目了，开始好奇地端详莱奥的房间。莱奥的电脑屏幕上有金鱼在跳动，迪德利克瞪大眼睛盯着它们，望着显示屏背后，但它无法在那里看出什么，它双手抓住电脑摇晃起来。

“住手，把显示屏放回去！”莱奥惊叫道。

太迟了。迪德利克已经拔掉了所有电线。屏幕变黑了，硬盘发出死机的响声。

“金鱼怎么会在这里面呢？”迪德利克问道，“这个箱子里没有水，后面还有孔。”

“现在向你解释这件事，有点儿太复杂了。”

莱奥叹息着说，“另外，你必须回城堡里去。”

“我不想回去！父亲总是不高兴，苏尔丹也把我看成一个无用的侏儒。”

“可你不能留在这里。”莱奥恳切地说道，但迪德利克固执地将胳膊交叉在胸前，坐在床上。它坐得很用力，以此表明它根本不想动。

“对不起，那就没有别的办法了。”莱奥道歉地说道。他拿出龙剑，在空中切割出一个洞，抓住迪德利克的肩，将它推进了暗淡的门洞，迪德利克可以看到另一侧的门。

“停……不！”他听到迪德利克在抗议。

莱奥迅速抓住被切割出的纸门，拉起来，让洞口重新合上。

“错了！停！我这是在哪儿？”迪德利克喊道。

莱奥认为迪德利克是想骗他，好让自己放它出来。

门洞消失了。莱奥独自站在房间里，心中突然

产生了怀疑。他做错什么了吗？他会不会没有将迪德利克送回他离开的狼堡呢？

莱奥想迅速再切割一道门，但他没有立即行动，因为拉娜和齐普在敲他的门。他将刚才发生的事情给他们讲述了一遍，因为他们也是龙骑士。

极端不公

可是今天拉娜和齐普没有时间。他们只想向莱奥借点儿东西——齐普急着借莱奥的数学作业，拉娜需要一本她要写读书笔记的书。

“嗨，我一定要给你们讲讲，我刚刚……”莱奥没能讲下去。

“明天到学校再讲。”拉娜挥了挥手，安慰他说，“今天还要把这本旧书读完，要不然我明天完不成演讲。”拉娜虽然不是很虚荣，但还是喜欢拿到高分的。

齐普的理由是：“我必须在希尔达婶婶回家之前做完数学作业，不能让她发现我抄别人的作业。两天前，她就像一只猎犬似的翻出了我藏在枕头下的马丁的英语作业本，然后就没收了我的游戏机，到现在还不给我。”齐普长叹了一声，这无异于给他的生活又一次残酷的打击。

他们离开之后，莱奥被母亲叫了过去。最近几天，波路克斯夫人产生了极大的烹饪热情。现在她需要人帮忙铺桌子，就把莱奥叫过去。他知道反驳是没有用的。他也知道今天不能再惹事了，不能把父亲激怒了。也许父亲会忘记谈话的事，莱奥可以保留他的龙剑和腰带，并且不必良心不安，不用胆战心惊。

吃饭时，卡斯滕又开始对莱奥冷嘲热讽：“哎，小家伙。”

莱奥紧张地在饭碗里拨拉着。他知道现在等待着他的是什么。

“哎，小家伙，你的女朋友怎么样啊？”卡斯滕很清楚他能用这句话惹恼莱奥。

“我没有女朋友。”莱奥极力克制着回答，“拉娜是一个很好的同学。”

“你有！”

“我没有！”莱奥大声喊道，并一拳捶在桌子上。

“莱奥，回你的房间去！”波路克斯先生站起身来，伸出胳膊指着门吼道。莱奥顿时觉得浑身的热血都冲到了头顶：“可是……可是卡斯滕……”

“吃饭时大吼大叫，成何体统？”父亲板着脸，嘴唇抿成一条薄薄的线。

“我……只是……”莱奥讲不下去了，他的父亲绕过桌子，过来抓住他的胳膊，将他轰出了房间。父亲使劲关上门，莱奥听到父亲将椅子往桌子旁挪了挪。

“你不觉得你这样太过分了吗？”波路克斯夫人低声问道。

“我不想讨论这件事。”波路克斯先生不耐烦地回答。

莱奥将耳朵贴在门上，想听听他们在说什么。没想到餐厅的门忽然被打开了。莱奥一个踉跄，从咧嘴冷笑的卡斯滕身旁擦过，栽进了餐厅里。

莱奥显然是在偷听，这让波路克斯先生更是愤怒。“够了，下周你不许出门。”他严厉地说。

莱奥怒火中烧。太不公平了，让人无法忍受。要是能打卡斯滕一顿就好了！

可怎么收拾他呢？

第二天对于莱奥和他的朋友们来说是个幸运的日子——拉娜的演讲十分生动，班上的同学们听得聚精会神。

齐普前天下午经历了一场灾难，灾难的结果惊人：他将莱奥的数学作业本忘在学校了，直到快回到家时才想起来。于是他只能自己做作业，结果大部分题都做对了。

“我好崇拜我自己。”早晨他对拉娜和莱奥说道，他寻思着是不是应该给自己制作一个印有齐普名字的纪念章。

只有莱奥的禁闭似乎仍然是个问题，因为他必须去伦多世界。狼王在狼堡里等着他，他不能让狼王失望。

可拉娜和齐普给他提了一个建议：“我们来找你，说我们要一起学习。”

莱奥怀疑地望着拉娜。

“那又怎么样？这能帮得了我什么？”

“我们三个人一起躲进你的房间里。”齐普继续解释说，“开始时我们大声讲话，然后我们越讲越低声，最后就变成低声细语。”

莱奥还是不理解。

拉娜嘲讽地摸摸他的头：“真是够笨的。不明白吗？你去伦多世界，我们待在房间里，继续低声细语。如果你的父亲敲门，我们就回答他，声称你正在思考一道特别难的数学题。他不会发觉你已经不在了。”

“必要时我们可以喊你，反过来，你要是遇到困难，也可以通知我们！”齐普说道，并指着腰带上的搭扣，它由一颗深蓝色宝石和两只金龙爪组成，龙爪交握在一起。宝石时不时会变成龙眼的形状，龙骑士能在里面看到伦多世界里正在发生什么事。

“同意！”莱奥如释重负地点点头，“你们真了不起。”

拉娜将一只手放在他的肩上，假装严肃地说道：“谢谢夸奖，好朋友。好了，事情已经安排得差不多了。”她咯咯地笑着补充说：“我们就是这么了不起。”

齐普向莱奥竖起大拇指，祝愿莱奥一切顺利。他说自己还拿不定主意是要跟莱奥一起去，还是赖在莱奥的床上睡觉。

在切割门洞之前，莱奥一直集中精力地想他当时离开伦多世界的地方。这次，他的大脑里出现了一座长形大厅的画面。数秒钟之后，莱奥站在了木头宝座前，可宝座是空的。门洞合拢，莱奥转身望去。

两颗龇出的黄色獠牙出现在他的面前。

莱奥遭怀疑

“它在哪儿？你把它怎么样了？”热乎乎且难闻的呼吸扑面而来，令他透不过气来，“快说！”

冲他吼叫的是狼王。它的眼睛愤怒得快要从头颅里蹦出来了。

它步履艰难地向莱奥走来，抓住他的毛衣，长长的爪子几乎要把衣服撕破了。

“你是最后一个被看到和它在一起的人。从那以后它就不见了！我又失去了一个儿子！”狼王的嘴就对着莱奥的脸，鼓起的鼻翼一起一伏，眼睛红彤彤的。

“迪德利克失踪了？我……我不清楚它在哪里啊！”莱奥喘息着说。

狼王揪住他的毛衣将他拎了起来，莱奥只能踮着脚尖站着。

“叛徒！骗子！”它呵斥道。

“我不是！”莱奥生气地叫道。

狼王用尽全力将他摔在地上，右腿踩在他的胸脯上，并将全部的重量转移到脚上，莱奥几乎无法呼吸。

“将他交给我，我会让他开口的。”莱奥听到苏尔丹在自己的身后说道，声音冷冰冰的。

狼王蓬乱的头俯向莱奥，可怕的獠牙露了出来，紫色的舌头舔着上唇，唾液滴在莱奥的身上。

“快说，你这个卑鄙的毛贼，难道要我咬破你的喉咙吗？”狼王是当真的，它张开的嘴巴越来越近了。

莱奥抓住狼王的腿，使劲一跃而起。狼王往后一个踉跄，“砰”地坐在宝座上。

“抓住他！”它大声向儿子命令道，吃力地重新爬起来。

苏尔丹举起胳膊，张开毛茸茸的手指，威胁地露出长长的利爪。莱奥并没有被吓倒，纵身而起，拼命往外跑。

他听到身后传来苏尔丹的脚步声，迟缓又笨重。

莱奥看到前面挂着牛皮门帘的大门。门帘后面有动静，可能又有两名骑士在门外放哨。如果他从中间的缝隙跑过去，它们会从左右两边捉住他的。如果他从一侧贴墙挤过去，它们也许不会当场发现他，但这么做他也抢不了多少先机。它们肯定会很快赶上来。

怎么办呢?

莱奥怎样才能摆脱苏尔丹？他怎样才能离开大厅，而不会被追踪？每回答对一个问题就得到2点力气，每答错一个问题就失去2点力气。

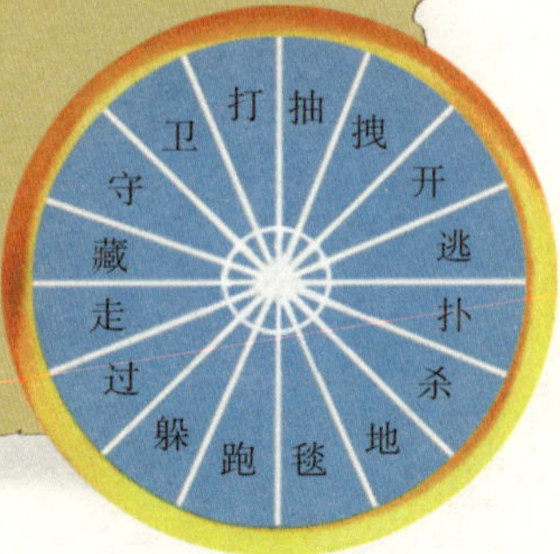

莱奥没时间再想了，立刻跑向牛皮门帘。当他距门帘只有几步远时，他先是甩掉了苏尔丹：莱奥猛地一用力，抽掉了他脚下的地毯，那位狼骑士惊叫一声仰面跌倒了。

没等大门外的骑士们赶过来帮助苏尔丹，莱奥已经撒腿跑了，敏捷地扑向牛皮门帘后面的士兵。

当那个戴着头盔、身穿甲胄的骑士丁零当啷地跌倒在地时，另一个士兵穿过中间的门缝跑过来，发现的却是倒在地上的苏尔丹和宝座上的狼王。莱奥已经靠着另一侧墙壁溜走了。为了不被绊倒，他小心翼翼地一级一级往下走。

莱奥听到上面传来乱哄哄的声音，原来是有骑士追来了，此时莱奥已经跑完差不多一半路程了，于是加快速度，一级一级地往下跳。

这时，他也听到了下面传来的声音。骑士们沿着陡峭的台阶从院子里跑上来。它们的腿很长，弹

跳力很好，甚至能一步跨两级台阶。

莱奥来到一个光线昏暗的楼梯间。眼下无论是上面还是下面的骑士都看不见他。可是他被困住了，夹在它们之间，无法脱身。

他仍然右手握着龙剑，剑尖指着地面。可剑尖突然抬起，猛地离开了他的手，向左指向石墙上的一个位置，他距那个位置还有两级台阶远。莱奥身体前倾一看，长舒了一口气。

龙剑指着一个岩洞，宽得足以让一个人穿过去。莱奥心中暗喜，赶快爬过去，可是一个不小心，头朝下栽了过去。

龙剑忽然一转，变成一根支撑杠，莱奥赶忙抓住，才没有跌倒，他长舒了一口气。奇怪的是剑身忽然变钝了，甚至变圆了。

“谢谢你。”他低声说道，侧身从岩缝间挤了过去。龙剑从他的身后飘过来，落在他的手里。

莱奥趴在岩洞里两块突出的石块之间。

狼骑士们互相喊着他听不懂的话。它们的声音低沉沙哑，似乎束手无策，因为莱奥好像凭空消失了。它们就停在裂缝前商量对策。最后，它们重新分开，分别向上和向下继续搜寻。莱奥听到它们的脚步声渐渐远去。

他心跳剧烈，背靠着岩壁站在那里，试图让自己平静下来。为了能看得清楚一点儿，他抚摸龙剑上面的四颗宝石。宝石随即散放出柔和的光芒，虽然不是很亮，但还是照射到了每一个角落。

这是一个人工凿建的岩洞，呈四方形，是一个用来存放木料、绳索和金属索的仓库。莱奥在墙上发现了一张地图，是狼堡的纵剖面图。莱奥很惊讶，狼堡里的地宫和暗道错综复杂，房间众多，一直深入到狼堡所在的山崖下。

莱奥突然想起他将迪德利克送回伦多世界的那一刻。迪德利克曾经反抗过，喊叫着："停，我这是在哪儿？"

这么说，它没有回到大厅里。

那么迪德利克会在狼堡的什么地方呢？

你可以找出迪德利克所在的地方。如果你在76页这张图里发现了正确的房间，你就得到3点力气，否则就失去3点力气。龙剑会指给你答案。

地　牢

莱奥小心翼翼地从墙壁上揭下狼堡的地图。他预感到迪德利克在哪里，要去解救它。当他将那位狼骑士推回城堡里时，曾经看到一个符号，而在狼堡的剖面图上也发现了同样的符号。现在关键是要找到那个符号。

“我怎么才能神不知鬼不觉地在狼堡周围行动呢？”他低声问自己。

你有什么主意吗？请看上面的图！答对了，你会获得2点力气。

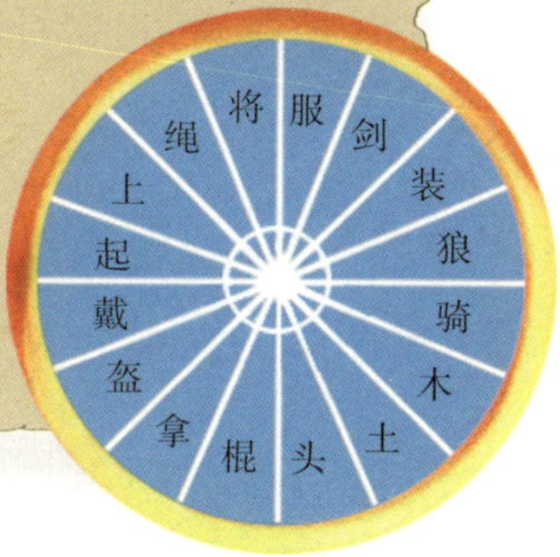

答案就在他的脚下。木料之间有三只有点儿凹陷的头盔，那是狼骑士戴的头盔。他拿起其中一顶，将它倒扣在自己的头上。头盔里面散发出潮湿的毛皮和腐肉的臭味。莱奥决定忍受着，因为戴上头盔是他在狼堡里走动而不会被人认出的唯一机会。

他在一堆木料下还发现了一块折叠的围巾。它摸起来潮潮的，差不多有披风那么大。莱奥将它系在脖子上，将结打在前面。他穿着铠甲，铠甲上突起的龙也不会被人看到。“你也会出卖我的。”他对龙剑说，然后将其变成了钢笔。

莱奥在确定没有人跟过来之后，离开了岩洞。他沿着陡峭的台阶往上爬，撇开右面的骑士厅，向左面顺着一条长长的地道往前走，来到一扇用锁锁着、钉有铁皮的厚重木门前。

莱奥将绿钢笔对着锁，低声说道：“龙剑，帮帮我！我必须进去寻找迪德利克。”

笔帽上的龙头散发出绿色的光芒，射进锁孔，可以听到金属的咯嗒咯吱的声音。挂锁弹开，落在地上。为安全起见，莱奥收起锁，他可不想被一位热心的骑士锁在里面。

莱奥一个房间一个房间、一道楼梯一道楼梯、一层楼一层楼地钻进狼堡深处。地道越来越黑、越来越窄、越来越矮。在这么深的地方，应该没有人能看见他，莱奥又把龙剑拿了出来，龙剑可以为他指路，为他照明，带给莱奥安全感。万一哪个角落潜伏着危险，莱奥还可以持剑自卫。

沙粒和小石子在他的脚底下咯吱咯吱地响——那是一种尖锐、锋利的声音，在地宫的暗道里回荡。洞顶还不停地有冰冷的水珠滴在莱奥的身上，让他不寒而栗。

可还有一样东西让他浑身起着鸡皮疙瘩。长长的地道里隐隐约约地传来悲诉和哀号的声音，好像是来自一只动物，或是一个人，抑或是穿过石隙的风产生的。

这恐怖的响声听起来很远，无法确定来自哪个方向。莱奥忽然停下了脚步。他清晰地听到了一声求救的呼叫。

他屏住呼吸站在那里。呼叫声又消失了。

“哎？有人吗？”莱奥叫道。

他的叫声在暗道里断断续续地回荡，像一群四散惊飞的蝙蝠，在他的头顶拍打着翅膀，好像有许多声音对着他的耳朵喊着："哎——有——人——哎——有——人——吗？"

没有回音。但是莱奥听到有人在敲木门的声音，距离应该很近。

"迪德利克？是我，莱奥！"他叫道。

周围又响起了回音，更响的敲门声透过回音传了过来，是迪德利克的声音，从一道厚木门那边传过来："莱奥，放我出去！"

莱奥绕过两个弯，发现了黑色的地牢门。他拿龙剑指向门闩，门闩立即自行打开了。门咯吱一声向里打开，他看到了一个黑暗的房间，里面唯一的家具就是墙边的一张硬板床。

还有许多老鼠叽叽地窜过他的双脚逃走了，莱奥吓得跳到了一旁。

迪德利克精疲力竭、毛皮湿漉漉地从门后趔趄而出，用手扶住莱奥以支撑住身体。

"阁下，为什么把我推进这里，高贵的阁

下？”它气喘吁吁地问道。

“我不知道你会来到这里。我还以为你会回到狼堡大厅呢。”莱奥道歉说，“请不要生我的气！”

“这里很不舒服，年轻的阁下！只有我的哥哥苏尔丹才会创建这样的地方。我都不知道该怎么办了！请阁下以后别再这样对我了！”

“不会了，迪德利克！真对不起！来，我带你上去。哦，要不你来带路？”

迪德利克脚步沉重、闷闷不乐地跟在莱奥的身后。“我不认识路，什么也不知道，也没有什么本事。只有苏尔丹才无所不知、无所不能。”它低声嘟囔道。

“可我觉得你很棒啊。”莱奥回过头说道，“毕竟是你跟踪了我，而我一点儿没有发觉。”

迪德利克的脸上浮现出一丝骄傲的微笑：“阁下真这样想？我也很棒？”

“对，阁下觉得这样很好。”莱奥模仿它老掉牙的表达方式，“可你就不能直接叫我莱奥吗？”

“当然能，莱奥阁下。”迪德利克回答道。

莱奥看出迪德利克不是那么容易改变的。

地道很黑，透过头盔上细细的眼缝几乎无法看清什么，于是莱奥摘下头盔，夹在胳膊下面。当他们又回到狼堡大厅附近的地道时，被一个狼骑士拦住了。

“凶手！叛徒！苏尔丹说得对，你是个罪犯！”那个骑士对莱奥破口大骂。

莱奥感觉这个骑士已经吓得动弹不了了。

迪德利克从他的身旁挤了过来，严厉地瞪着那个骑士，说道：“为什么说我的朋友——这位年轻的贵族是凶手、叛徒和罪犯呢？”

骑士立即给迪德利克行礼：“迪德利克，年轻的主人，我们大家都以为他将您……绑架了。”

“他救了我！”迪德利克踮起脚尖，好将手臂放到莱奥的肩上，“正如父王说的那样，这位龙骑士既高贵又聪明。在我们找到朗多之前，他应该代行朗多的职责。”

那个狼骑士低下头，很不情愿地服从了个头矮小的迪德利克。

迪德利克冲莱奥微微一笑，狡黠地冲他眨了眨眼睛。莱奥也冲它挤了挤眼睛。

“现在我们必须加紧训练。”迪德利克决定说，“毒似蛇蝎、猛如火山、险如刀剑的危险仅有六夜之遥了。”

莱奥感觉肚脐眼那里传来一声沉闷的叩击声。当他望向腰带的搭扣时，看到了拉娜和齐普的脸。他们神色紧张，打着手势示意他赶快回去。

“我得马上回去！”莱奥说。

迪德利克把毛茸茸的手伸给莱奥，说道：“很高兴认识你，年轻的莱奥阁下。”

毒蜘蛛

波路克斯先生差点儿就发现莱奥不在他的房间里。他已经多次敲门，要求齐普和拉娜开门。莱奥穿过门洞从伦多世界里返回，他的父亲又在“嗵嗵”地敲门了。

“最后一次，开门！”父亲厉声叫道。

莱奥一步跨过去，转动钥匙，在最后一刻将腰带上的龙爪按到一起，铠甲随即消失。拉娜从背后拉掉莱奥的披风，并扔进了角落里。

看到莱奥站在面前，波路克斯先生十分惊讶。

“怎么这么长时间？”他问道。

“父亲，我的思路又被您打断了，”莱奥撒谎说，“一道又长又难的数学题，我可不能半途而废。”

“真的？”波路克斯先生怀疑地问道。

齐普演戏似的唉声叹气道：“我怎么都想不出来，一开始我以为很简单呢。”

“做这道题的时候不能有任何打扰。”拉娜严肃地对他说。

“好吧，如果是这样，那你们继续学习吧！”波路克斯先生向莱奥点点头，又走了。

他一关上门，莱奥就倚着门背，吐出一口气。

“对了，怎么样，发生了什么？”朋友们立即问道。莱奥坐到他们身边，拉娜和齐普把头伸得长长的，听莱奥慢慢叙述。

此时此刻，在伦多世界里……

夕阳西下，从狼堡到灰沼地的路上有一位骑士在独自行走，这段路程大约需要两个小时，灰沼地常年弥漫着潮湿的雾气，腐朽发黑的树木像干枯的手指一样竖在泥潭中。

几乎没人知道那条可以穿越沼泽的唯一道路。只有这条路的地面才是结实的，错走一步，就会陷入两边的淤泥，被无情地吞噬掉。

当一位骑士骑着一匹黑马到达灰沼地时，太阳已经沉向漫长的丘陵之后。那位陌生人身披黑披风，戴着柔软精致的银手套。一顶宽檐软帽下面，一张白得耀眼的面具遮住了陌生人的脸。又长又宽的鼻子像鸟嘴一样伸在前面，一条细链子组成的长纱巾从鼻子垂到胸前。

骑士勒住缰绳，放慢步子，小心翼翼地走上那条沼泽小路。陌生人步步谨慎，有时候甚至等待雾气消散，确保万无一失。

沼泽深处一片孤寂，偶尔有几只迷路的鸟儿拍打着疲倦的翅膀缓缓飞过，两棵高大的枯树之间有一张巨大的蜘蛛网。这张网十分密集，数百万颗细小的水珠在上面闪烁。

细心的人会发现蜘蛛网上遍布着各种管道和包囊。里面有很多肥肥的水甲虫，还有蟾蜍，它们都被蜘蛛网捕住了，被蜘蛛杀死后像木乃伊一样包裹起来。蜘蛛保留这些猎物以供食物短缺时食用。

网上的蜘蛛体积都很庞大，腿上有毛，背上泛着绿色的毒光，七只眼睛散发出紫色的光，懒懒地蹲在网上，可是，每当一只猎物落到网上时，它就会立即出击。

陌生人从马上下来，走近蜘蛛网，拉了拉中间的几根黏黏的蛛丝。

那只巨大的蜘蛛立即爬了过来，在他的面前蹲下。七只紫色的眼睛满怀期待地打量着他。

骑士从披风下取出一只死兔子。

“瞧，这是您想要的，大师！”骑士说道。

他将兔子递给它，它在几秒钟之内就将兔子密密地织进了蜘蛛网里。

“大师，您答应今天教我咒语，让我能够重新唤醒蕨林里的精灵，让他毁掉狼堡，这也是您多年前的愿望。”

蜘蛛张开嘴，用尖细的声音说：“你只有一个人，我们当时是七个人。你一个人不可能做到。要不是狼王向我们发射了七支银箭，我们当年就能成功了。”

“您知道我的计划。”骑士说道，“您知道我有什么打算。我遵守了约定，给您带来了您在这里永远不会得到的食物。现在告诉我咒语吧。”

蜘蛛细小的眼睛之间跳跃着紫色的火星。它高

声刺耳地咯咯笑着，同时摇晃着整张蜘蛛网。

“我会告诉你的，但是要在六天之后。”蜘蛛嘲讽地说道，“在你给我弄来更多食物的时候。等我饱了，我就会告诉你。”

骑士从披风下拔出一把灰色的剑，在空中一挥。“听着，你这个卑鄙的畜生。”他忽然愤怒地呵斥道，不再像刚刚那么恭敬了，“听着，如果你不遵守我们的约定，我就将你千刀万剐。”

“砍吧。”蜘蛛说道，“到时候砍下的每一块都会长成像我这样的蜘蛛，成千上万只蜘蛛会将你团团围住。”

骑士立刻收起了剑。

蜘蛛满意地咯咯笑着：“我是想占领狼堡、征服狼国的七位魔法师之一。那支银箭将我变成了今天这个样子，这个仇，我一定要报！”

“这些我都知道。”骑士不耐烦地说道，“我很想帮您实现这个计划。所以，我得知道咒语。”

“六天之后你就会知道了！”蜘蛛讥讽地说道，于是慢慢爬走了，一门心思地去忙活那只兔子了。

骑士不满意今天的造访结果，但他知道自己无法强迫这个中了巫咒的老家伙。他必须安抚它并给它带食物，然后等待。

但是骑士会实施自己计划的。谁也阻止不了他！

柔若小草

接下来的几个下午，拉娜和齐普每天都在莱奥家碰头。波路克斯先生坚信这三个孩子在学习，也就不再监督他们了。因此拉娜或齐普就可以陪莱奥去狼堡了。如果莱奥的父亲突然想进房间的话，留下的那位便会立即发出警报，将另外两个叫回来。

苏尔丹在城堡大院里训练迪德利克和莱奥，教它们抵御外敌的袭击。有一点是肯定的：他们要对付的是一个极其危险的敌人，他们必须要做最坏的打算。

苏尔丹让人搭起一个巨大的草人，迪德利克和莱奥用草人进行刺杀训练。

还有装满稻草和重物的袋子被吊在长杆上，长杆不停地在粗桩子上旋转。他们的任务是能够及时地避开袭击。

苏尔丹命令其他狼骑士站成两排。它们双手挥舞棍棒，要求莱奥和迪德利克穿过这条道不要被打到。

“我不干！”迪德利克说道，“这个我做不到。”

苏尔丹双手叉腰，轻蔑地俯视着它的小弟弟。

“什么叫你不干？你不敢吗，啊？”

莱奥认为迪德利克一定会抗议。可事实正好相反。迪德利克迎视着苏尔丹严厉的目光，说：“对，我不敢。”

苏尔丹似乎也没有料到这个回答，一时不知所措。苏尔丹实在想不出更好的主意，于是嘲讽道：

“你是个多么可怜的懦夫啊，迪德利克！”

“对，我是懦夫。可我很乐意做一棵看似柔弱却十分顽强的小草，有人踩它时，它就弯折，但最后它又会站直。”迪德利克说道，“如果我是一根硬草茎，我就会断折，永远挺立不起来了。”

这个回答令苏尔丹很吃惊。它明显是生气了，竭力寻找对策。

迪德利克抢在它的前面说道：“可是，哥哥，你做给我看看，怎样才能穿过这条道！我可以向你学习。”

苏尔丹感觉好像有人在它的胸口上狠狠地给了一拳。“这……我……”它支支吾吾着。

“我肯定我们高贵的狼骑士们全都想看看，省得我们在训练的时候总是找不对方法。”

骑士们点头赞同，举起棍棒。只见棍棒上下飞舞，几乎没有可以穿行的空间。

苏尔丹别无选择，不得不去做示范。它犹豫地站在开始的地方，前后晃动，等待最佳时机，向前了一步，可是又立刻跳了回来。

迪德利克双臂交叉在胸前，站在苏尔丹的身后，说道："我在等呢，哥哥。不用急，只要能学到东西，我愿意等！"

苏尔丹气呼呼地一抡胳膊。"我的任务不是在这儿给你们当老师。"它叫道，走到一旁，"而

且，休息时间到了。”说完它就钻进了狼堡。

骑士们中间响起一阵嘀咕声，失望地目送苏尔丹离去。

“像小草一样柔韧。”莱奥若有所思地重复道。

站在他身旁的齐普用臂肘捅了他一下：“好主意！你也这样对待你哥哥吧！”

莱奥微笑不语，面前已经浮现出卡斯滕的脸庞了。如果莱奥不生气，不再恼怒，甚至还同意卡斯滕的话，他一定会更加窝火。

忽然，一道黑影从莱奥和齐普的头顶上掠过。

黑影“嘘！”了一声。

原来是变形龙约克。

约克在院子上空盘旋了一圈，挥了一下爪子。

“出什么事了？”莱奥冲着约克喊道。

“快点儿出来，我不想在这里降落。”约克低声说道。

莱奥和齐普走出狼堡，来到外面热闹的广场

上。因为几天之后是大集市，农民和工匠们有的支起售货亭，有的正在运货物。

约克使劲扑腾着翅膀降落在他们身后，莱奥问：“什么事？”

“我带你们去看点儿东西，快上来。”约克催促道。

两个男孩儿爬上约克的背，它让背部两侧长出硬角，使他们可以抓牢。

“啊——”当约克从山崖俯冲向下时，莱奥和齐普一起喊叫起来，就像乘坐“疯狂老鼠”从最高点冲下来时一样。莱奥和齐普感觉胃里在翻江倒海。

约克在快要撞上树梢和屋顶时展开了翅膀，滑翔了一大圈，然后又让温暖的逆风将自己托上天，越来越远地飞离狼堡。

“你要去哪里？”莱奥透过呼呼的风声喊道。

“你不知道的一个地方。”约克向后叫道，“可是你一定要去看一看。”

目的地是一座长满蕨类植物和巨型木贼的森林。那些粗壮的绿色植物高高耸立在天空下，树冠随风摇曳，约克一直与它们保持着距离。

约克告诉两个男孩儿很久以前发生在这座森林里的事。“谁也不知道，如果魔法师们的计划成功了的话，那个石头人会干出什么事。”

“你为什么要带我们来这里？”莱奥问道。

“你们自己回头看看。你们注意到什么没有？”

你注意到什么了吗？如果你发现了，就得到4点力气，否则将失去同样多的力气。

弓箭手

“你知道，这意味着什么吗？”莱奥问约克。

风势越来越大，呼啸声也更响了。约克长出长耳朵，向后伸去，让莱奥能像对着两只话筒似的对着里面喊。

“你知道这意味着什么吗？”莱奥重复道。

约克边飞行边摇摇头：“无论如何很奇怪。这可能意味着这个石头魔怪苏醒过来了。”

“这样的话，不需要魔法师们的力量吗？”莱奥问道。

“我不清楚。”约克承认说，“我只是感觉翅膀尖痒痒的。这向来不是什么好兆头。”

“这个巨形石头精灵会不会就是骰子占卜时所说的灾难呢？”莱奥思考着。但从那颗面颊肥大的头颅来看，一点儿也不像骰子上描述的“毒似蛇蝎，猛如火山”啊。

约克带着男孩儿们往回飞，就快到达城堡了，这时下面传来一声尖厉的求救声。齐普和莱奥身体前俯，向下张望。约克正飞过一座桦树林，森林中的树叶已经开始发黄。

“快救我啊！”一个撕心裂肺的呼叫声从森林中传出。

“约克，你必须降落！”莱奥焦急地扯着约克的长耳朵喊道。

“不行，我的翅膀又痒了。”约克说着便越飞越高。

“哎呀，算了吧，那是苍蝇弄的。”莱奥叫道，“如果有人需要帮助，我就要立即行动。这可是我的使命。”

“我感觉不妙，这可能是个陷阱。”约克警告说。但是莱奥不听，焦急地踢着约克的腰。约克无奈地慢慢飞低，寻找一块林中空地准备降落。约克把翅膀伸展，前爪抬起，重重地落在了地面上。

齐普和莱奥从约克的背上滑到地面，转着圈寻找。除了长着白树皮、黑树干、黄树叶的树木和嗡嗡叫的小飞虫以外，别无其他。

“哎？有人吗？”莱奥叫道，尽量让自己的声音洪亮不颤抖。

可是仍然只能听到蜜蜂和蚊子的嗡嗡声。

“哎？是谁在喊救命？”莱奥双手拢成一只漏斗，让回声传得更远。

约克很不耐烦。

“没有人，我们继续飞行吧。”它催促道，可

莱奥不肯。可能有谁受了伤躺在某个地方。

一阵劲风吹过桦树林上空，吹得树叶簌簌作响。随后又是一阵大风，整个桦树林哗啦啦地响着。

因此三个人谁也没有听到有人在慢慢接近他们。那是一个平时只穿黑衣的人，但今天却一身橄榄绿打扮，为的是躲在树干之间不引人注意。今天他的面具也是绿色的，只有手里的弓不是绿色的，弓是金属的，弦是铁丝的，发出闪闪银光。

一支银色的箭已经搭在了弦上。陌生人捡起一颗石子，尽全力向对面抛去。石子落在莱奥旁边的树林里。莱奥、齐普和约克不约而同地转向响声传来的方向。

在他们身后，弓被绷紧了，银色的箭瞄准了目标。那支箭画了一道平缓的弧形，插在了约克脚前。

约克吓得吼叫了一声，立刻寻找射箭的人。

莱奥从地上拔出箭，盯着它仔细地检查。

陌生人等待的就是这一瞬间。他仍然未被发

现，站在四棵桦树的后面，与树身几乎长在了一起。这回他搭上了真箭。莱奥正好望着他的方向，但发现危险时已经太迟了。

真正的银箭“嗖”地一下飞入空中。

约克想挡住它，但已经太晚了。银箭穿透金色的龙甲胄，刺进了莱奥的胸膛。

“莱奥！”齐普大叫道。

陌生人大步逃走。

没有人追他，因为约克和齐普必须照顾倒在地上的莱奥。他气喘吁吁，脸色苍白，吃惊地盯着他胸前的银箭。

齐普双手捂嘴，努力克制着没有叫出来。他睁大眼睛，惊恐万分。

“约克，快想想办法。”他嘶哑地说道，“我们必须带他去看医生。”

约克也惊呆了，脑子里一片空白，愣在那里。

黑暗力量

莱奥靠在约克的腿上，轻声呻吟着，额上汗涔涔的，大珍珠似的汗滴从他的脸上往下流。他先是伸开双臂，然后，非常缓慢地将双臂移向箭，双手抓住箭，好像他无法相信它是真的似的。

“别动。”齐普警告说，他跪在莱奥身旁，束手无策地搓着手。

“你痛得厉害吗？”约克问道。

莱奥默默地摇摇头。他不明白，为什么那支箭射中了他，他却感觉不到痛。现在，莱奥产生了一种他不知道如何形容的感觉。

那种感觉既不是寒也不是暖。那是某种深灰色的东西，先是控制了他的心脏，然后是他的头，最后是他的胳膊和腿。他感觉越来越沉、越来越沉。树叶骤然不再是绿色或黄色了，它干枯了，是褐色。树木死光了，莱奥只看到天空下光秃秃的树杈，浓重的烟云突然从四面八方涌来。

他望着变形龙约克，约克正用忧虑的大眼睛盯着他。

但是，约克的目光带给莱奥的不是安慰，而是恐惧。莱奥觉得在黑眼睛的背后隐藏着邪恶。他转向齐普，齐普同样忧心忡忡地低头望着他。可莱奥却在他的眉宇之间看到了愤怒的皱纹，而且，他还看到齐普的嘴角上有一丝冷漠。

莱奥的手指一触到银箭，箭就像黄油似的开始融化。他茫然不解地看着它滴在地面，在他的双腿之间渗入泥土，好像是在被一种无形的力量向下拉去似的。

闪烁的铠甲上连道擦痕都没有留下。莱奥按了一下龙爪，收回铠甲，好检查自己的胸部，但在毛衣里没有发现破洞，皮肤上也没有发现疤痕。

他深吸一口气，又慢慢呼出，好像在确认他的胸脯是否真的没有受伤。他手撑着约克，摇摇晃晃地站起来。

约克和齐普盯着莱奥的胸部，他们同莱奥一样困惑和惊奇。约克用爪子刨地，可在银子渗入的地方，再也找不到什么了。

齐普掐了一下自己的胳膊，问道：“我们……这是在做梦吗？”

莱奥用呆滞的眼睛看着他，感觉从头到脚都被灌满了铅。

“我去叫拉娜。”齐普说着拿走莱奥手里的

剑，凝神想着莱奥的房间，在空中切割出一个洞。洞里面出现了坐在写字台旁的拉娜。

齐普示意她立即过去，并匆匆讲述了他们刚才的经历。

“莱奥，你怎么样了？”拉娜问道，并小心翼翼地抓住他的胳膊。

“我……我不知道我是怎么了。”莱奥结巴道。他扭向拉娜，拉娜吓了一大跳。他眼睛混浊，好像覆盖着一层灰纱似的。

“我们带他去狼堡。”约克建议说，“也许那里有谁能帮助他。”

莱奥被抬上龙背，软趴趴地坐在那里。约克轻轻一摆身体，让莱奥的前后左右长出很大的角鳞，还将一片鳞变成一根宽带子，绑在莱奥的身上，将他捆得牢牢的。

当他们到达狼堡时，狼堡的大门已经关闭了。集市售货亭已经搭起来了，但全是空的。城堡前也没有了往日的热闹，一个人也看不到。

这回约克毫不犹豫就降落在城堡大院里。他们立即被一群狼骑士包围了，狼骑士们威胁地向他们举起剑和矛。

迪德利克从骑士厅走下来，穿过骑士们中间，说道："别这样，莱奥是我们的朋友。"

它当然也发现了莱奥像只木偶似的伏在龙背上，目光呆滞。

"他怎么了？"迪德利克担心地问道。

齐普将银箭的事情详细地告诉了迪德利克。

"可你们这里出什么事了吗？城堡在紧急准备什么吗？"拉娜打听道。

"骰子占卜报告，神秘力量今天就会攻击我们。"迪德利克说道，于是帮忙扶住莱奥，陪他走上通往骑士厅的台阶，"他必须去见狼王，狼王或许能帮助他。"

此时，从一座塔尖上传来了号声，这是警告信号。坐在上面的狼骑士对着下面叫道："远处有情况。看上去像旋风。一根灰柱子拔地而起，正向狼堡移来。"

旋 风

从骑士厅里传来狼王要求莱奥进去的命令。莱奥在迪德利克和齐普的搀扶下爬上长长的台阶，穿过似乎没有尽头的大厅，终于到达了宝座跟前。

狼王扶着一根弯弯曲曲的树枝站着，全身哆嗦不已。一开始它根本没有注意到莱奥的异常。

“孩子们，严峻的时刻就要到来了。”狼王严肃地说，“我知道那个旋风，我知道它来自哪里。

但是我不知道这次是谁在指挥它。”

于是，它讲了七个魔法师在很久之前想要唤醒石头精灵，永远消灭狼王及其家族全部成员的事情。

“狼骑士的终结意味着黑暗力量统治的开始。”它声音阴沉地说，“当时我们城堡里有一个女巫，她交给我一块银子，让我请人把它铸成箭。我照办了，将那些箭射向了魔法师们。他们没有被杀死，只是失去了消灭狼族的想法，不久之后，七个魔法师都用法力把自己变成了动物。”

“父王，一定还有第八支箭。”迪德利克说道，“龙骑士被它射中了。”它指着蜷缩在宝座前面的莱奥说。

“第八支箭？事实上还剩了一点儿银子放在铁匠那儿。”狼王回忆说，“可是，是谁打造了第八支箭呢？我将银子留在那里，是为了在魔法师们恢复过来时，还能再有一支箭。可除了我的大儿子，没有人知道这个秘密。我将这件事告诉给它，是为了让它也能保护我们的家族。”

苏尔丹大步穿过大厅跑来。它同情地扫了莱奥一眼，讥讽地说道：“哎呀，龙骑士怎么了？怎么忽然成了一个大草包了呢？”

“他中了银箭。”迪德利克叫道。

可是苏尔丹根本不听它的。它走向一道岩缝，向外张望，旋风正快速地临近城堡。

“我会保护您的，父亲。”苏尔丹保证说，“您不会有什么事。您可以信任我！您马上就可以看到，谁是您最优秀的儿子。”

狼王龇露出牙齿，说道：“你说什么？我真是有眼无珠！你使用我们对付魔法师的最后的武器——第八支银箭，射伤了唯一能帮助我们的人——龙骑士。这样做只是为了证明你是最伟大、最优秀的。你中了魔法师的诡计了。旋风不仅会抓住我，还会抓住我们大家。”

“不，父亲，这旋风将……”苏尔丹话还没讲完就咽了回去，顿时大惊失色，撒腿就跑，好像有魔鬼在后面追似的。

“抓住它！”狼王命令道。

“有谁能帮助莱奥吗？”拉娜催问道，她看出莱奥的脸色越来越难看。

“只有光能救他。带他出去！”狼王说道，“给他讲开心快乐的事情，让他笑起来！给他看鲜花，让他沐浴阳光！”

外面传来呼啸和怒吼的声音，旋风正在迅速临近。天空阴暗下来，变得同黑夜一样黑。狼堡里的仆人们赶紧点燃火炬。

“光！莱奥需要光！”齐普叫道。但还没有哪个仆人能摸到骑士厅。

“龙剑！”拉娜突然想起来，它可以发光。

宝石发出璀璨的光芒，照射着莱奥的脸和眼睛。他抬起头向上看，嘴角浮起浅浅的微笑。

齐普和拉娜使出浑身解数，绞尽脑汁地向莱

要怎么做才能让龙剑发光呢？答对了你可以赢得4点力气，否则就会输掉2点力气。

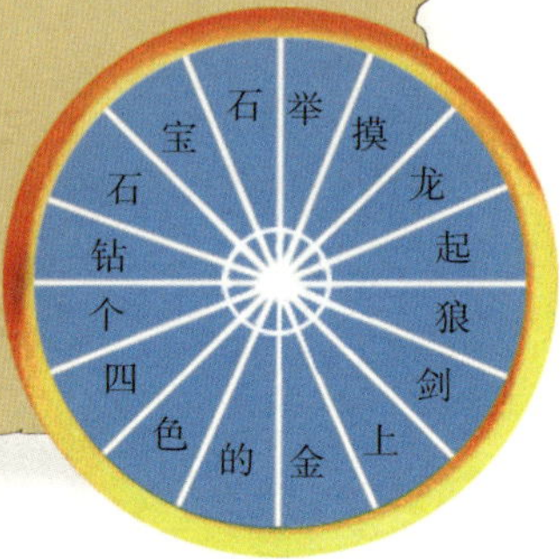

奥描绘令人高兴的事情。莱奥仔细聆听着，像孩子听童话似的。渐渐地，莱奥脸上的灰色变成了粉红色，目光也充满了力量。

黑旋风已经在城堡外卷起尘土了。集市上的售货亭被卷上天空，抛向狼堡的石墙上，砸了个粉碎。呼啸声越来越大，听起来黑旋风才刚刚起劲。

“这座狼堡是从岩石中凿出来的，”迪德利克胆怯地说，“能顶得住风暴。”

狼王走到它的身旁，把手放到它的肩上。迪德利克意外地抬头望着它的父亲，它还从来没有见父亲这么和善过。

“尽管狼堡坚如磐石，也无法抵挡今天的灾难——这是复仇的风暴。魔法师们等待了这么多年，就为了这一刻的复仇。我肯定，这场旋风中隐藏着隐忍多年的怒火，而这恰恰来自我的亲生儿子！”狼王瞟了苏尔丹一眼，目光严厉冷酷，像一道钢铁闪电。

“我不管做什么你都不满意。一直以来，都是你说了算，在你眼里我连奴隶都不如！”苏尔丹毫不客气地对它说道，“你的心里只知道你自己和朗多。它做什么都称你的心。”

狼王扑向苏尔丹，抓住它的披风，将它拉到自己的嘴边。狼王咬牙切齿地说道：“难道朗多也是你害的？你把它怎么样了，你这个傻瓜？”

苏尔丹的眼睛眯成一条缝，愤怒地蔑视着狼王。

旋风快到狼堡了，岩壁震动起来，地面也在龙骑士们的脚下颤抖着。墙上出现了细小的裂缝，灰土噼里啪啦地往下掉。

莱奥吃力地爬起来，迷惑地环顾四周。银箭的魔力似乎还在他的体内作祟，但他感觉有了力气，想要加入战斗。

当莱奥伸手索要龙剑时，拉娜递给了他。他握住剑柄，四处张望。宝座椅上掉下一块多角的木块，莱奥拿剑尖对准它。一道金光从中射出，在木块上打上一支箭的烙印。莱奥还不能讲话，他点头示意齐普捡起那块木头。

城堡颤动得越来越厉害。旋风对着缝隙和洞口猛吹，屋顶上的烛架被吹落到地上，地毯像纸一样在空中打转。

齐普手握木块，疑惑地望着它，莱奥这是想说什么呢？他询问地望了莱奥一眼，莱奥示意他把木块翻过来。齐普照做了。令他惊讶的是木块背面也有一支箭。

莱奥的计划

齐普告诉拉娜他是怎样看待这个箭头的，拉娜同意他的看法。

“龙骑士有话想对你们说。”齐普转向狼王，“我们必须立刻离开这里，向地下转移。狼堡里有地宫吗？”

狼王缓缓地点点头，似乎还在考虑它到底能不能信任齐普。

莱奥的体力逐渐恢复，感觉自己完全好了。他离开先前瘫坐的宝座，步态僵硬地踉跄向前，像举火炬一样高高举起龙剑。

莱奥带头走向台阶，狼王犹豫片刻后下令跟上他。狼骑士、被押的苏尔丹、狼王和它的朋友们一起离开了骑士厅，进入这座地宫。

他们身后传来一声巨响，似乎有什么东西爆炸了。旋风将它的能够破坏一切的胳膊伸进了窗户，卷起它能抓到的一切。当它撞上光滑的墙壁时，就转向一旁，寻找它能破坏的新目标，尤其是寻找狼王和它的儿子们，因为魔咒的任务是将它们统统消灭掉。

莱奥和其他人刚刚进入通往地宫的木门，最后一位狼骑士想关上大门。可莱奥示意它让门开着，并好好守护。

他的舌头不再那么厚滞沉重，慢慢地变灵活了。尽管如此，说出下面的话还是让他很费力：

"贴着墙壁站好……等着……让黑旋风进来……然后从外面锁上门。"

那位骑士询问地望了狼王一眼。

"既然龙骑士要这样，那就照他说的去做！"狼王吩咐道。

当他们继续往下走时，狼王询问莱奥的计划。

"这是一种魔法风暴。"莱奥不得不用尽全力做这番解释，"它在寻找您和您的儿子们。它将跟踪您进入地道，然后我们把它关在里面。"

狼王的样子好像要拒绝他，但后来还是同意了。

他们往纵横交错的地道和洞穴里越走越深。

他们早就过了迪德利克曾经待过的地牢。

莱奥想到一个重要问题，但已经太晚了："城堡山脚下有没有走出这些地道的出口呢？"

没有哪个狼骑士听说过此事。

苏尔丹挣脱开来了，拔起剑，吼道："我们是傻瓜，龙骑士是想将我们诱入陷阱。"

暗道里寒风吹来，旋风就在他们的身后咆哮。

狼骑士们犹豫不决，狼王也向后退了几步。

此时，他们到达了一座圆顶山洞，从那里有多条通道延伸开来。莱奥犹豫地停下来，举起龙剑，希望得到一个信号。可是龙剑给他的信号与莱奥预料的完全不同。他有一些不理解。

幸好拉娜明白了龙剑的暗示。

“我们走出山洞，我知道谁能给我们指路。”拉娜对大家叫道。

龙剑指向哪里？回答正确你就得到2点力气。如果你不知道答案，就失去4点力气！

“你想带我们去哪里？”狼王叫道，“龙骑士，你到底要干什么？”

其他骑士紧贴在墙上，好像接触到龙剑会有危险似的。莱奥从他们的身旁冲过去，任凭龙剑拉着自己，就像拖着一个东西似的。

拉娜和齐普向骑士们借了两支矛，走到拐角，说道：“对不起，蝙蝠们，我们打扰了。”他们小心翼翼地用长矛拨弄着倒挂在岩壁上的蝙蝠，这些被惊飞的蝙蝠立刻逃走了。

火炬光下可以看到蝙蝠们飞进了左侧的地道里。

“跟上它们，它们会带我们出去！”拉娜喊道，并立刻跑了起来。

齐普看到狼王还在犹豫，说道：“她虽然是个女孩儿，却是一个了不起的女孩儿。真的，您可以相信我。”

龙剑拖着莱奥穿过一条条地道。他的双腿还很虚弱，有的时候龙剑甚至将他拎了起来。

地面上都是掉落的石块，岩壁上方有水在流淌。

到处都能听到风暴的呼啸声，莱奥看到前面有一道小黑门，门上长了厚厚一层黑霉菌。门闩被多把锁锁住了。莱奥将剑尖插进钥匙孔里，锁一把接一把地弹开了。

门上毛茸茸的霉菌让他恶心。他用剑推开门。

“什么人？”里面传来一个虚弱沙哑的声音。

“我是龙骑士莱奥，你是谁？”

“啊！老天派你来救我了。”那个声音说道。一个身穿脏衣服、瘦骨嶙峋的狼骑士从黑暗中趔趄出来。莱奥虽然从来没有见过他，却一眼就认出来了。

“你是朗多！”

狼骑士慢慢地点点头：“我遭到偷袭，被……锁在这里……从此我就靠每天塞进来的面包和水维持生命。”

旋风的怒吼打断了他们的交谈。沙子被卷进地道，莱奥和朗多被吹得睁不开眼睛。

莱奥霎时明白了旋风为什么袭向他。它是来找朗多的。魔法师们的怒火针对的是整个家庭。

该怎么办呢?

斗 智

“我不知道能否成功。”莱奥声音沙哑地对朗多说，“但无论如何，我们要试一试。”

旋风在山洞的地道里嗡嗡地怒吼着，像一条巨蛇向他们袭来。

“脱掉你的披风，将它撕成条状。”莱奥对朗多说道。地牢里的日子大大削弱了这位狼骑士的体力，它的双手几乎没有力气动弹。莱奥用龙剑帮助它，将布条挂在它的胳膊上。

“我们必须出去，但是要绕道走。”莱奥解释完便祈求他的龙剑：“龙剑，带我们走出地宫，一定要把我们带出去，带到我们的朋友身边！”

“我……走不了。”朗多唉声叹气地说，“我的双脚受伤了，虚弱无力。”

这时，奇迹发生了。龙剑脱离了莱奥的手，飘在两位骑士的身后。他们不理解龙剑想要干什么，龙剑先是“啪”地一下击中他们的膝盖，他们两腿一弯，龙剑立刻横在他们的屁股下面。朗多和莱奥坐在了龙剑上，龙剑载着他们穿过地道。

龙剑带着他们远离了旋风。莱奥需要时间从震惊中恢复过来。而朗多害怕地紧紧抱着他。

莱奥情绪终于稳定了，开始实施他的计划。他扔下一根披风的布条，指示龙剑往另一条地道走。他在地宫里一边到处扔下布条，一边不停地倾听旋风的动向。

到处都是黑旋风的咆哮和怒吼声，地宫里的空气令人恐惧。

后来，他们在一个十字路口发现，旋风像一条透明的蠕虫，正在向他们爬来。龙剑迅速飞回他们刚刚钻出的地道，但旋风发现了它的行踪，紧追不舍。

旋风追到十字路口，白眼珠犹豫不定。咆哮的“蠕虫”似乎不确定它应该走哪个方向。因为所有地道里都有朗多的布条。

旋风最终决定分成四路，三股小风分别向三个方向追赶，最大的风向莱奥和朗多追来。

龙剑再也没有躲避的机会了，旋风疯狂地击中他们的脸。

渐渐地，旋风不再是旋风了，力度明显变弱，他们虽然险些被旋风从龙剑上吹下来，但龙剑敏捷地在旋风中保持住平衡。

“你听着，”莱奥对朗多说道，“呼啸和怒吼的声音逐渐变小了，我们的分兵之计成功了，旋风被分成了几股，每一股的实力都很弱。”

朗多感激地点点头。可龙剑只有一个目标：到达山洞的出口。

外面，在狼堡的山脚下，其他的狼骑士、拉娜和齐普已经在那里等着了。当莱奥和朗多骑剑飞出洞口时，众人大声欢呼，热烈欢迎他们。

骑士们将一块沉重的石头滚到大门外面，重新死死地封锁大门，把旋风困死在地宫里。

当狼王将它的儿子朗多拥进怀里时，狼王眼含泪花。迪德利克也热烈欢迎它的哥哥。苏尔丹站在一旁，不再受到监视，但有些伤心沮丧。它不惜一切代价想要除掉它的父亲和哥哥。它的野心没有得逞，它将被狼王家族永世驱逐。

“一切又恢复正常了吗？”拉娜问莱奥。

莱奥微笑地望着她，点点头。虽然莱奥累坏了，但是他很开心。

狼王邀请他近期再来狼堡，对他帮助拯救狼王家族表示感谢，要将最高的荣誉颁发给他。迪德利克恳切地请求他再来看望它，因为莱奥已经成了它的一个朋友。

“我一有机会就会再来。”莱奥保证说。可现在是返回现实世界的时候了。

数秒之后，拉娜、齐普和莱奥就又站在了莱奥的房间里。在通向伦多世界的门洞缓缓关闭之前，他们再次转身，向狼骑士们挥手。

齐普压低了一声惊叫，用臂肘捅了捅莱奥。莱奥顺着他的目光望去，他看到了父亲，父亲正坐在莱奥的床上，双臂交叉在胸前。

三名龙骑士还穿着铠甲，莱奥手里还握着剑。

狼王在他们的身后叫道：“龙骑士，谢谢你。你就像你的爷爷，伦多世界需要你。”

莱奥尴尬地微笑着，害怕地望了他的父亲一眼。

波路克斯先生站起来，慢慢地向他走去，用手指抚摸着龙剑。

莱奥心想：父亲要没收龙剑了。

“莱奥，这几天，我就想和你谈谈。”波路克斯先生缓缓地开口说，“我有事要对你说。”

齐普、拉娜和莱奥屏住呼吸。

“你让我想起了我生命中一段可怕的经历——一次最惨重的失败。我为此犯了许多错误，甚至永远也见不到我的父亲……”波路克斯先生略微迟疑地接着讲下去，“自从你接过了龙剑和腰带，我又常常想起当年我惨败在德拉吉魔王手下的经历。”

莱奥顿时泄气了，他的伟大冒险就要结束了。

“可同时我又开始感觉到骄傲。我骄傲，正如我刚刚听到的，你和你的朋友们一起完成了你作为龙骑士的任务。莱奥，我不会再反对你了。我……”他停顿了很长时间才继续说，“我为你骄傲！”

说完这些话他就离开了房间。

莱奥不知所措地目送父亲离开。齐普和拉娜把莱奥紧紧抱在两人中间。

他们什么都料到了，就是没有料到这一点。他们的冒险将继续进行下去，因为在伦多世界里还潜伏着更多危险。

可是，莱奥、拉娜和齐普绝不会允许邪恶力量为所欲为。

龙骑士答案

P025　“等弄清情况再进去”

P032　“狼堡门口没有守卫”

P044　一周之后，狼堡将大祸临头

P070　“抽开地毯躲过守卫”

P075　在76页图中“”的位置

P079　“将狼骑士头盔戴上”

P105　“石头人睁开眼睛了”

P126　“摸龙剑上的四宝石”

P133　“跟随蝙蝠找到出口”

后续故事抢先读

《拯救鹰狮大作战》

闪电的欢迎仪式，来自正义者学园的委托！

“最近学校里发生了一些怪事，黑暗的力量在渗入，有些学生变得很不对劲儿。龙骑士，我希望你能查出真相，刚好还可以在这里锻炼一下你那糟糕的剑术。”

鹰狮来袭，窥视龙剑的神秘黑影？

鹰狮的目标不是他，而是莱奥，它巨大的爪子紧紧抓住龙骑士的身体。莱奥觉得自己脚下的地面一下子被抽走了，他被迫升上了天空。而这时，龙剑却不在他身上……

这里不是小巫师们上学的霍格沃茨魔法学校，而是专门训练孩子们的战斗能力、培养未来勇士的正义者学园。

一道闪电将飞在空中的莱奥“请”到了学园的防护罩内，面对突然的挑战，莱奥能保住龙骑士的不败之名吗？鹰狮、大脚怪、史莫格……这些神奇生物又会给骑士们带来怎样的麻烦呢？

龙骑士俱乐部征集令

假如你有志于加入龙骑士，为守护世界和平奉献自己的心力，请认真面对自己的每一天。你要相信，哪怕是龙骑士，也会不断遇到困难。而如果不试着去解决，那困难永远都只会是困难。对龙骑士而言，克服困难的途径主要是用智谋，这比力气，甚至比法力还要重要很多。

如果你想要加入我们的龙骑士读书俱乐部，请亮出你的手机，扫一扫下面的二维码，关注一下龙骑士在中国的总部——也就是常青藤编辑部。

常青藤编辑老师将在这里定期为你推荐好看的书，帮助你更靠近龙骑士一点儿。阅读，不但能增广我们的见识，也能提高我们的艺术修养和智慧。这些，都是成为龙骑士必不可少的元素。

常青藤编辑部联系方法：

1、微信互动。

2、通信地址（北京市朝阳区安立路30号仰山公园3号楼华文天下常青藤编辑部（100012））

龙骑士档案

个人资料

姓名：　　性别：　　年龄：　　星座：

召唤方式

地址：　　qq:

E-mail:　　电话

冒险传说

你是怎样认识龙骑士们的？

你最赞同《龙骑士》中的哪句话？

伦多世界要举办一次人气排行投票，你打算支持谁呢？

作为龙骑士，要对敌人也充满了解。如果将你放在野心勃勃的地狱魔王位置，你将会给龙骑士安排什么样的陷阱呢？（谨慎回答，这事关你在未来的冒险）

请详细、真实地填写以上材料，并附上贴好邮票的回邮信封一起邮寄到龙骑士读书俱乐部，这样，你不仅可以得到俱乐部的龙骑士官方认证，正式成为名誉龙骑士，还有机会获得各种带来惊喜的称号与礼品——例如“最年轻的龙骑士”“最幸运的**星座龙骑士”等。

龙骑士名誉证书

照
片

经过屡次冒险与考验，　　　　　证实了自己充分具有龙骑士的八大美德：谦逊、荣誉、奉献、英勇、同情、信仰、诚实和公正。他/她同情弱小，谦逊有礼，待人诚实，对事公正，以日常的一言一行坚守龙骑士的荣誉，忠诚于自己的原则，面对邪恶势力，勇于拔剑而起，不畏艰难，不怕牺牲。为了表彰　　　　　为龙骑士团队提供的不可忽视的帮助，以及其对伦多世界和现实世界做出的卓越贡献，特授予其“名誉龙骑士”的称号。

（本证书盖章生效）

伦多世界&现实世界
龙骑士俱乐部

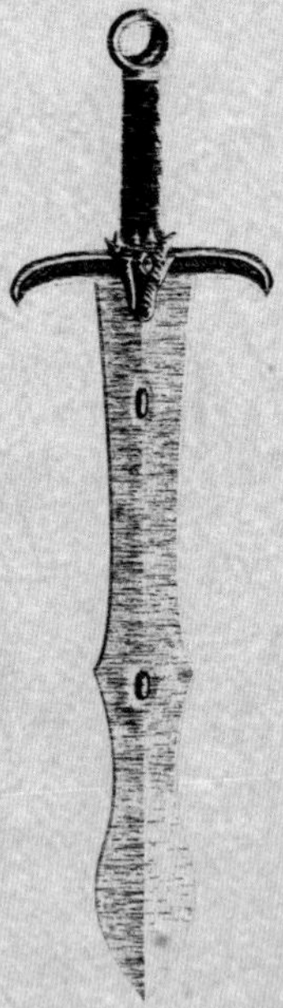